아리아 2권

임유주

어린 시절 읽었던 단순하고 명료한 해피엔딩 동화들이 주었던 위안과 기쁨을 간직하며, 어른들에게 잊혀진 동화적 꿈을 다시 선사하고자 이 작품을 집필하였다. 하지만 단순한 동화의 세계와 현실의 냉혹한 간극을 외면하지 않고, 해피엔딩과 새드엔딩이라는 두 가지 상반된 결말을 통해 삶의 복잡성과 인간다움을 깊이 탐구하였다.

어른들이 현실 속에서도 자신만의 해피엔딩을 꿈꿀 수 있기를, 그리고 때로는 쓰라린 결말 속에서도 희망의 작은 불씨를 발견하기를 바라는 임유주 작가의 작품은 단순히 이야기로 끝나지 않고, 독자들에게 스스로의 삶을 다시 들여다볼 용기와 철학적 시사점을 선사한다.

작가 홈페이지

아리아 2권

다시 세계의 끝으로

임유주 지음

세상의 시작이자

이야기의 시작

아주 오래전, 신은 땅과 하늘을 세우고, 넓은 세상을 가득 채울 인간과 수많은 동물들을 만들었어요.

완벽하게 순수하고 아름다웠던 태고의 세상.

하지만 인간들은 여러 세대를 거쳐 번성할수록 탐욕스럽게 변해갔어요.

이를 지켜보던 신은 이 땅의 첫 순수를 회복하기를 바라는 마음으로 특별한 존재를 만들기로 마음먹어요.

신은 이 세상이 아닌 머나먼 별에서 가져온 귀한 물질로 새로운 생명체를 만들기 시작했어요. 얼핏 보면 다른 인간의 모습과 다를 바가 없었지만, 그녀는 특별한 눈과 심장, 피를 가지고 있었어요.

그녀의 눈은 보통의 인간들과는 달라 더욱 깊이 반짝거렸어요. 세상 어느 보석보다도 눈부시게 빛나는, 먼 외계의 귀한 물질로 만들어진 그녀의 심장은 감정이 고조될 때마다 사방으로 밝은 빛을 내뿜었어요. 그녀의 특별한 피는 그녀의 아름다움과 젊음을 더욱 찬란하게 빛냈어요.

신은 특별한 그녀를 매우 아끼고 사랑했어요.
그래서 그녀가 평생 많은 이들에게
사랑받으며 살기를 바랐어요.

먼저 신은 수많은 인간들 중
그녀의 짝이 될 만한
건강하고 잘생긴 남자 아기씨를
커다랗고 투명한 **마법 구슬**에
소중히 담았어요.

신은 지그시 눈을 감고 앞날을 톺아 본 뒤,

미소를 지으며 흐뭇한 목소리로

나지막이 속삭였어요.

"너희들은 서로에게 기댈 수 있는
어깨가 되어 주려무나.
사랑이란 건 단지 첫눈에 반하는
강렬한 순간이나 타오르는 감정만을
의미하지는 않는단다.
너희들은 진정한 사랑을 찾아가는
여정을 함께하게 될 거야."

신은 여자 아기씨인 그녀 역시 커다란 마법 구슬에 담아 함께 내려보냈어요. 아늑하고 안온한 작은 마을에서 그와 그녀는 사랑을 듬뿍 받으며 자라날 수 있었어요.

시간이 흘러 그는 잘 생기고 늠름한 청년이 되었고, 그녀는 신비로운 눈동자와 빛나는 심장을 가진 아름다운 처녀가 되었어요. 그의 이름은 **리바이**. 그녀의 이름은 **아리아**였어요.

어느 날 리바이는 우연히 시냇가에 갔다가 신비로운 장면을 목격했어요. 홀로 시냇가에서 시간을 보내던 아리아를 본 것이었어요.

그녀의 두 눈은 별처럼 반짝였고, 심장에선 찬란한 광채가 뿜어져 나왔어요. 리바이의 시선을 알아채지 못한 그녀는 맑은 시냇물을 튕기며 장난을 쳤어요.

그는 곧 아리아가 마을의 다른 처녀들과는 달리 매우 특별하다는 걸 깨달았어요. 그는 조심스럽게 다가가 아리아에게 말을 걸었어요.

"저…."

아리아는 화들짝 놀랐어요.
**갑작스러운 상황에 놀란 그녀의 심장은
또 다시 빛을 내뿜었어요.**

비밀을 들킨 아리아는 당황해
어쩔 줄 몰랐어요.

"놀라게 할 생각은 아니었어요. 그저 난 당신의 반짝이는 두 눈과 빛나는 심장이 너무 아름답다고 말해 주고 싶었어요."

아리아는 두려움에 떨며 말했어요.

"당신은 내 비밀을 모두 알아 버렸어요. 나는 남들과 다르다는 걸 오랫동안 숨기며 살아왔어요. 나에 관해 누구에게도 이야기하지 말아 주세요. 내 비밀을 지켜 주겠다 약속해 줘요."

리바이는 고개를 끄덕이며 대답했어요.

"그럴게요. 절대 당신을 곤란하거나 위험하게 하지 않을게요. **내가 바라는 건 당신의 행복이에요. 당신에게 좋은 사람이 되고 싶어요.**"

많이 서투르고 세련되지는 않았지만, 진심을 담은 리바이의 말에 아리아는 마음을 열었어요. 두 사람은 곧 사랑에 빠졌어요.

리바이는 그녀가 자신의 운명임을 알아차렸어요.

그들은 행복한 시간을 보냈어요. 리바이는 그녀의 노랫소리와 반짝이는 두 눈, 그리고 아름답게 빛나는 심장을 사랑했어요.

어느 날, 아리아와 처음 만난 시냇가에서 리바이는 신비롭게 피어 있는 **은방울꽃**을 발견했어요. 상서로운 빛이 은방울꽃에 부드럽게 내려앉으며 말로 형용하기 어려운 아우라를 은은히 풍기고 있었어요.

리바이는 꽃을 보는 순간 아리아가 떠올랐어요. 그는 꽃을 꺾어 아리아에게 가져갔어요.

특별한 은방울꽃을 받은 아리아는 기뻐했어요.

"은방울꽃은 반드시 행복해진다는 의미를 가지고 있대요. 내가 당신을 꼭 행복하게 해 줄게요!"

리바이가 그녀의 아름다운 두 눈을 들여다보며 말했어요.

리바이에게 그녀는 다이아몬드처럼 빛나는 존재가 되었어요.

그러던 어느 날, 마을 친구들과 함께 리바이는 즐거운 시간을 보내고 있었어요. 한 친구가 그에게 물었어요.

"요즘 아리아에게 푹 빠졌던데. 자네가 푹 빠진 그녀의 매력이 뭔가?"

그러자 잔뜩 술에 취해 흥이 오른 리바이는 아리아와의 약속을 까맣게 잊은 채, 속삭이듯 친구에게 그녀의 비밀을 털어놓기 시작했어요.

그 후, 마을에는 아리아에 대한 소문이 퍼져 나가기 시작했어요.

술에 취한 채 자신이 무슨 말을 했는지조차 기억하지 못했던 리바이는 마을에 아리아에 대한 소문이 도는 것을 알게 되고, 자신의 실수를 뒤늦게 책망했어요.

소문은 걷잡을 수 없이 커져, 사실이 아닌 온갖 이야기들이 입에 입을 타고 눈덩이처럼 부풀려지기 시작했어요.

마을에 가뭄이 들거나 나쁜 일이 일어나면 모두 아리아의 탓으로 몰아가고는 했어요. **마을 사람들에게 진실은 중요하지 않았어요.** 그저 나쁜 일이 일어났을 때 원망과 비난을 돌리고 그걸 뒤집어씌울 누군가가 필요했을 뿐…. 사람들은 좋은 이야기보다 악의적인 헛소문을 더 쉽게 믿었고, 그렇게 근거 없는 나쁜 소문은 더 빨리 퍼져 나갔어요.

리바이의 부모는 그에게 아리아와 어울리지 말 것을 종용했어요.

"그 아이는 마녀야.
그 아이와 계속 어울려 다닌다면
언젠가 너도 화를 입게 될 거야.
다시는 그 아이와 만나지 말거라."

사랑하는 사람이 자신으로 인해 고통을 겪자 리바이는 견딜 수 없이 괴로워졌어요. 그는 너무 미안해서 차마 아리아에게 사과할 용기조차 나지 않았어요.

"모두 내 탓이야. 내 실수로 그녀가 불행해졌어. 내가 내뱉은 말들이 말도 안 되는 헛소문들을 만들어 낸 꼴이 되어 버렸어."

그는 탄식했어요. 하지만, 자신이 초래한 아리아의 불행을 대면하고 바로잡을 용기가 없었던 리바이는 걷잡을 수 없는 소문들에 어떻게 해야 할지 몰랐어요. 그가 어쩔 줄 몰라 우왕좌왕하는 사이, 시간은 속절없이 흘러갔어요.

꽤 오랜 시간이 흐르고, 미안한 마음을 아리아에게 어떻게 전해야 할지 고민하던 리바이는 뒤늦게 그녀를 찾아갔어요.

하지만 그녀는 이미 온데간데없었어요. 마을 사람들 어느 누구도 그녀의 행방을 알지 못 했어요. 리바이는 뒤늦게 후회하며 너무 늦어 버린 자신을 원망했어요.

아리아가 사라지고 한참을 망연자실했던 리바이는 곧 정신을 차리고, 그녀의 부모를 찾아가 애원하며 말했어요.

"아리아가 어디로 갔는지 제발 제게 알려 주세요. 그녀를 안전하게 데리고 올게요."

이에 그녀의 아버지는 분노하며 대답했어요.

"아리아는 떠돌이 장사꾼을 따라갔다네. 우리도 말렸지만, 그 아이는 떠나고 싶다고 했지. **그 아이가 고통 속에 밤을 지새울 때 사랑을 속삭이던 자네는 옆에 없었어.** 이 마을은 그 아이에게 지옥이었어."

리바이는 죄책감에 고개를 들 수 없었어요. 하지만 곧 굳은 결심을 하고 힘주어 말했어요.

"제가 꼭 아리아를 찾아오겠어요. 지금까지 잘못한 모든 것을 만회하고 모든 걸 제자리로 되돌려 놓을 거예요."

리바이는 아리아를 찾기 위해 길을 떠났어요.

작은 마을을 떠나 큰 도시에 도착한 리바이는 화려함에 넋을 잃었어요. 도시에는 그가 나고 자란 마을에선 볼 수 없는 진귀하고 신기한 것들이 너무나 많았어요.

도시의 사람들은 비싸고 세련된 옷을 입고 좋은 가방을 들어 매우 멋져 보였어요. 리바이는 서서히 그들을 동경하게 되었어요. 그리고 생각했어요.

"나도 돈을 많이 벌면 저들처럼 예쁘고 좋은 것들을 걸치고, 멋있어 보일 테지. 당분간 이곳에서 머물며 돈을 벌어야겠어. 그러면 나중에 아리아를 만났을 때도 좋은 걸 더 많이 사 줄 수 있을 거야."

그는 장사를 시작했고, 사업수완이 좋은 그는 곧 큰돈을 벌었어요. 그의 주변엔 그를 현혹하는 아름다운 여성들이 늘 몰렸어요. 하지만 리바이의 마음 한구석에는 늘 아리아가 있었어요.

아리아를 찾기 위해 여러 번 수소문을 해 봤지만, 도저히 찾을 수가 없었어요.

리바이가 거의 자포자기 할 때 즈음, 친구 하나가 그에게 다가와 말했어요.

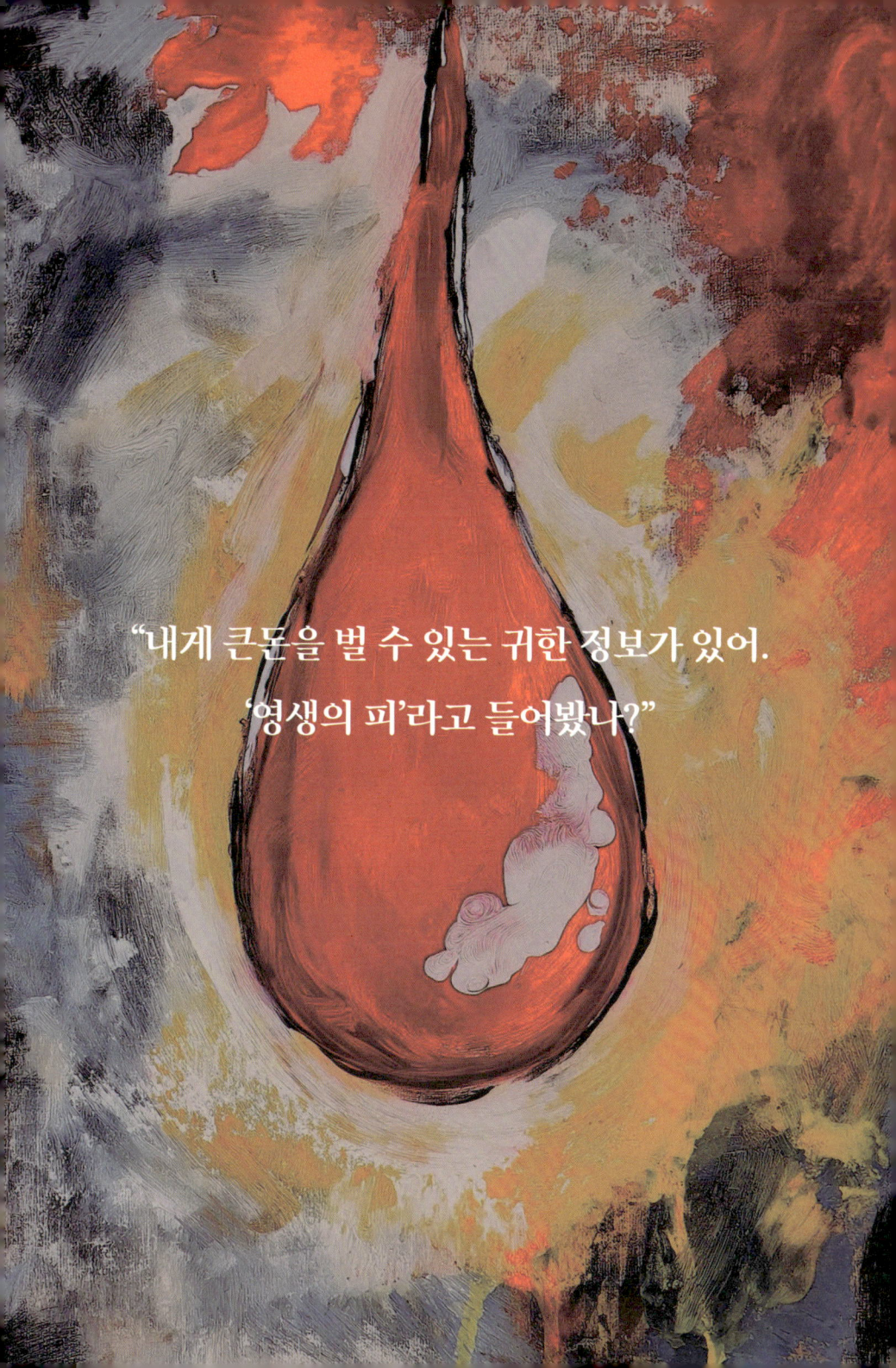

"요즘 부자들과 높은 사람들 사이에서 비밀스럽게 돌고 있는 건데, 그게 노화를 멈추고 젊음을 되돌려 준다더군. 그걸 팔 수만 있다면 돈방석에 앉게 될 거야."

귀가 솔깃한 리바이는 곧 **'영생의 피'**에 관해 알아보기 시작했어요.

그리고 그 피를 어느 비밀스러운 연구소가 제공한다는 사실을 알아냈어요. 그는 곧장 연구소의 과학자를 찾아가 말했어요.

"영생의 피가 당신 연구소에서 나온다는 소문을 들었어요. 그 피를 팔고 싶어요. 값은 후하게 치겠어요."

"많은 사람들이 영생의 피를 팔면 돈이 된다는 사실을 알고 우리 연구소에 찾아왔어요. 지금까지 찾아온 사람들 중 당신이 제시한 값이 가장 높아요. 좋아요. 당신에게 이 피를 팔 수 있는 권한을 주겠어요."

"이 피의 근원을 알고 싶어요. 대체 어떤 동물의 피죠?"

그러자 과학자는 말없이 그를 실험실 한쪽으로 데려갔어요.

어두컴컴한 감옥 바닥, 그곳에는 만신창이가 됐지만 어딘가 낯익은 한 소녀가 주저앉아 울고 있었어요. 그 소녀를 본 순간 리바이는 심장이 멈추는 듯했어요.

아리아를 발견한 그는 순간 눈물이 터져 오열하기 시작했어요. 리바이는 그녀를 학대한 연구소의 과학자들과 의사들에게 분노하며 소리쳤어요.

"이 소녀는 내가 오랫동안 찾던,
내가 사랑하는 사람이에요!
당신들은 이 소녀에게 이런 짓을 할 권리가 없어요.
어떻게 사람이 사람에게 이런 짓을 할 수 있죠?"

예상치 못한 상황에 과학자는 크게 당황했어요. 하지만 이내 무미건조하고 차가운 태도로 말했어요.

"이 소녀는 인간이라고 볼 수 없어요. 보통의 인간들과는 매우 다르죠. 우리와는 다른 종의 동물이에요. 우리 연구소는 이 실험체를 사기 위해 금을 한 덩이나 지불했다고요. 그래요. 알고 있어요. 불법이죠.

하지만 우리 고객들은 최상류층이고, 이미 그들은 소녀와 이 피에 관해 알고 있어요. 자신들이 원하는 것을 얻기 위해서라면 법도 가볍게 무시할 수 있는 사람들이에요. 법 위에 살고 있는 사람들이죠. **법은 당신이나 이 소녀같이 힘없는 사람들에게만 적용되는 규칙이에요.** 당신 앞에 서 있는 나도 별반 다르지 않고요. 나도 결국 저 윗사람들이 원하는 걸 연구하고 발견하는 역할을 떠맡은, 힘없는 사람에 지나지 않아요. 그들은 우리같이 힘없는 사람들 한둘쯤은 쉽게 밟아 버릴 수 있는 사람들이에요.

당신이 어떤 값을 지불해도 이 소녀는 내줄 수 없어요. 이 소녀는 황금알을 낳는 거위예요. 이 소녀를 보내 줬다간, 난 지금의 좋은 직장을 잃을 거예요. 아니 어쩌면 직장을 잃는 선에서 끝나지 않을지도 몰라요. 그러니 모른 척 조용히 돌아가요. 당신 목숨을 위해 해 주는 충고예요."

과학자는 계속해서 말을 이어 갔어요.

"당신이 사랑할 수 있는 소녀들은 세상에 많아요. 굳이 이 소녀여야 할 필요는 없잖아요? 게다가 이 소녀는 온갖 실험과 약물에 학대 당하고 피를 많이 뽑혀 예전만큼 생기 있거나 아름답지도 않아요. 세상에는 당신이 사랑할 만한 아름다운 여자들이 차고 넘쳐요. 가서 더 아름다운 소녀를 찾아요."

하지만 이 말을 듣고 리바이는 대답했어요.

"당신은 누군가를 진정으로 사랑해 본 적이 없군요. 누군가를 진심으로 사랑하게 된다는 건 이 사람이 아니면 안 되는, 절대적인 이유가 내 안에 생긴다는 거예요. 그건 단순히 외적인 아름다움에 끌리는 것과는 매우 달라요. 나는 그녀의 특별함을 좋아했고, 그게 사랑이라 믿었어요. 철없고 어렸던 난 아리아에게 많은 상처를 줬어요. 내 서툰 행동들에 그녀는 아파하며 슬퍼했어요. 마을에 온갖 헛소문이 돌아 마을 사람들이 모두 그녀에게 등을 돌렸을 때, 난 그녀를 지켜 주지 못했고 외면하며 숨어 버렸어요. 이제 더 이상 그녀를 혼자 내버려두지 않을 거예요. 더 이상 그녀를 아프게 하지 않을 거예요."

이 말을 듣고 있던 아리아의 눈에서 끝없이 눈물이 흘러내렸어요.

아리아를 바라보며 한참 동안 움직이지 못했던 리바이는 굳은 결심을 하곤 아리아에게 말했어요.

"**당신을 구하러 꼭 다시 돌아올게요! 약속해요.** 내가 다시 돌아올 땐 이 차갑고 어두운 감옥에서 당신을 빼내어 함께 나갈 거예요. 그러니 날 믿고 버티고, 기다려 줘요. 내가 줬던 **은방울꽃** 기억나요? 나는 당신에게 했던 그 약속을 반드시 지킬 거예요. 꼭 살아 있어야 해요!"

리바이는 아리아의 차갑고 야윈 두 손을
감옥 창살 사이로 꼭 잡고
눈물 가득 찬 눈으로
그녀를 바라본 뒤 연구소를 떠났어요.

아리아는 그런 리바이의 뒷모습이
시야에서 사라질 때까지 바라봤어요.

연구소에서 나오자마자 리바이는 도시에서 가장 많은 재물을 가진 지주를 찾아갔어요. 그는 아리아에 대한 이야기를 하며 눈물과 함께 간청했어요.

"제발, 그녀를 빼낼 수 있게 도와주세요. **그녀는 실험용 쥐나 희귀한 동물이 아니에요. 그녀가 이런 일을 당하는 건 너무 부당해요!** 그녀는 내가 사랑하는 사람이에요. 이대로 가다간 죽고 말 거예요."

"하지만 그 소녀의 피는 내 젊음을 유지할 수 있는 유일한 비결이야. 난 그걸 포기할 수 없어."

리바이를 보며 잠시 생각에 잠겨 있던 부자는 한 가지 제안을 했어요.

"좋아. 그럼 정해진 시간만큼 자네가 내 밑에서 일을 하며 날 도우면, 그 후엔 자네의 소녀를 빼낼 수 있도록 돕겠네. 내겐 더럽고 힘들고 곤란한 일들을 나 대신 해줄 누군가가 필요해."

리바이는 반색을 하며 제안을 받아들였어요.

하지만 부자가 제안한 일은 생각했던 것보다 더욱 고되고 힘들었어요.

그는 허드렛일과 오물을 치우는 일, 그리고 부자가 직접 하기를 꺼리는 모든 지저분한 일들을 도맡아 해야만 했어요.

리바이는 아리아를 생각하며 매일매일을 버텼어요. 하루, 이틀, 사흘, 나흘…. 그렇게 부자와 약속한 기한이 다 채워지고, 마지막 날 리바이는 부자에게 말했어요.

"당신이 처음 약속했던 기한이 다 되었어요. 이제 당신 차례예요. 아리아를 구해 줘요."

그러나 리바이를 일꾼으로 조금 더 부리고, 아리아의 피를 조금 더 이용하고 싶었던 부자는 생각했어요.

'잘만 하면 소녀의 피는 물론이고, 이 순진한 녀석도 더 부려 먹을 수 있겠어.'

그는 곤란한 듯 말했어요.

"흠…. 지금은 상황이 여의치가 않아. 조금만 더 기다려 봐. 그녀를 빼내기에 적당한 타이밍이 올 거야. 이왕 이렇게 된 거 그때까지 내 밑에서 조금 더 일해 주지 않겠나? 자네같이 똘똘한 일꾼이 내겐 별로 없어. 난 자네가 필요해. 조금만 더 참고 일해 주면, 그땐 소녀는 물론이고 평생 그녀와 행복하게 살 수 있을 만한 재물도 안겨 주겠네."

부자는 다시 한번 제안했어요.

"하지만 지금 이 순간에도 아리아는 피를 뽑히고 학대와 고문을 당하고 있어요. 그녀가 당하는 고통만 생각하면…. 내겐 하루가 1년 같아요. 마음이 급하다고요."

그러자 부자는 말했어요.

"일이란 건 말이야, 그렇게 되는 게 아니라네. 마음만 급하다고 되는 게 아냐. 그 소녀를 꼭 자네에게 돌려줄 테니 날 믿고 기다리게."

그렇게 리바이는 부자 밑에서 얼마간을 더 일하게 되었어요.

온갖 더러운 일을 묵묵히 하는 리바이는 부자에게 놓치고 싶지 않은 일꾼이었고, 아리아의 피는 자신의 젊음을 유지하기 위해서라도 내주고 싶지 않은 존재였어요. 시간은 흘러 약속했던 두 번째 기한이 다가오자 리바이는 다시 부자에게 말했어요.

"당신이 이야기했던 두 번째 기한이 다가와요. 더 이상은 기다릴 수 없어요. 이번만큼은 아리아를 데려가게 해 줘요."

그러자 부자는 당황한 기색으로 또 다른 핑계를 대며 회피하듯 말했어요.

"흠…. 요즘 내가 좀 바빠서 연구소 일에는 신경 쓸 여유가 없어. 그 소녀 이야기는 다음에 하세. 난 오늘 바로 외국으로 출장을 가야 해. 바쁘다고. 조금만 더 일해 주게. 출장을 다녀온 후 그 소녀 이야기는 다시 하도록 하지."

리바이는 부자가 자신과 아리아를 착취하고 이용하고 있음을 눈치챘어요. 순간 리바이는 분노에 휩싸였지만, 다른 선택의 여지가 없었기에 부자가 출장을 다녀올 때까지 조금 더 기다리기로 했어요.

부자의 출장은 길어졌고, 그를 대신해 온갖 잡다한 일들을 처리해 주던 리바이는 부자에 관해 많은 것들을 알게 되었어요. 부자가 많은 돈을 어떻게 손에 쥐게 되었는지, 또 그렇게 되기까지 얼마나 나쁜 짓을 많이 했는지, 자신과 아리아와 같이 힘없는 사람들을 이용해 얼마나 많은 부를 쌓았는지, 그리고 모은 재물들을 어디에 어떻게 쌓아 두고 있는지.

리바이는 마음속으로 칼을 갈며 부자가 돌아오기만을 기다렸어요.

시간이 흐른 후, 오랜 출장을 마치고 부자가 집으로 돌아왔어요. 리바이는 부자에게 말했어요.

"당신이 말했던 세 번째 기한이 다 되었어요. 이제 나와 아리아를 자유롭게 해 줘요. 당신이 약속했던 재물도 함께 줘야 해요."

그러자 부자는 안색을 바꾸며 차갑게 말했어요.

"난 자네에게 그런 약속을 한 적이 없어. 우리가 그런 약속을 한 적이 있던가?"

그러자 리바이는 예상했다는 듯이 대답했어요.

"역시…. 당신은 처음부터 나와 아리아를 놓아 줄 생각이 없었어요. 그럼 나도 이제 어쩔 수 없어요. 당신 밑에서 온갖 일을 도맡아 하다 보니 알게 되는 것들이 많더군요. 나쁜 짓들을 많이도 저질렀더라고. 당신이 나와 아리아를 자유롭게 해 주지 않는다면, 내게 약속했던 재물을 주지 않는다면, 당신이 저지른 모든 파렴치한 짓들을 폭로할 생각이에요.

곧 당신의 평판은 땅에 떨어질 테고, 다른 상류층 사람들은 당신과 어울리려 하지 않을 거예요. 사람들은 당신에게 손가락질하며 당신 가게에서 만든 상품을 더 이상 사가지 않을 것이고, 결국 당신의 사업은 내리막길을 걷게 될 거예요.

당신이 저지른 범죄 때문에, 감옥에 가게 될 수도 있어요. 모든 이들이 당신이 저지른 부끄러운 짓들을 알게 된다면, 당신은 수치심에 자결하려 할지도 모르죠. 당신이 지금까지 부도덕하게 쌓아 올린 모든 것들을 나는 한순간에 무너뜨릴 수 있어요."

부자는 크게 분노하며 소리쳤어요.

"내가 키우던 개가 내 발을 물다니!"

리바이는 대답했어요.

"개도 부당한 착취에는 얼마든지 주인을 물 수 있고, 쥐도 궁지에 몰리면 고양이를 무는 법이랍니다. 이제 나는 당신이 내게 약속했던 것들을 원해요."

"네 소녀를 연구소에서 빼내는 일은 쉽지 않아. 나 혼자 결정할 수 있는 일이 아니라고!"

"그럼, 애초에 왜 내게 지키지도 못할 약속을 한 겁니까?"

부자는 우물쭈물 대답했어요.

"그건…. 너와 그 소녀 둘 다를 이용할 수 있는 방법이라 생각했으니까. 약속했던 재물은 너에게 주도록 하지. 하지만 소녀를 빼내는 일은 정말 내가 할 수 없는 일이야. 나보다 더 높은 곳에 앉아 있는 많은 사람들이 그 소녀의 피를 원한다고. 소녀를 연구소에서 빼내는 일은 나보다 더 큰 권력을 쥐고 있는 이들이 허락해야 가능한 일이지."

리바이는 크게 낙담하고 절망했어요. 하지만 이내 아리아를 생각하며 기운을 냈어요.

부자가 건네준 재물로 인해 큰 부자가 된 리바이는, 그 길로 부자의 집을 떠나 왕국 최고 권력을 가진 왕을 알현하기 위해 길을 떠났어요.

오랜 여정 끝에 리바이는 왕이 살고 있는 성에 도착했어요.

성은 그가 떠나왔던 큰 도시보다도 훨씬 더 화려하고 근엄했어요. 수많은 근위병들이 거대한 성을 에워싸고 늠름하게 지키고 있는 광경은 리바이가 이제껏 한 번도 본 적 없는 장관이었어요.

성 안 귀족들은 부자들보다도 훨씬 사치스럽게 살고 있었어요.

귀족들은 보통의 사람들과는 전혀 어울리지 않은 채, 그들만의 세상에서 살아갔어요. 성 안 귀족들의 삶과 성 밖 사람들의 삶은 너무나 극명하게 달랐어요.

귀족들이 매일매일 파티를 벌이고 넘쳐나는 음식을 즐기며 행복해할 때, 성 밖의 사람들은 하루 두 끼도 채 먹지 못하는 날들이 많았어요. 성 밖으로 흘러나오는 귀족들의 파티와 음악 소리에 성난 민심은 부글부글 끓고 있었어요. 게다가 권력까지 소유한 그들이 누릴 수 있는 삶은 리바이의 상상을 초월했어요. 원하는 건 뭐든 할 수 있고, 죄 없는 사람을 괴롭히거나 죽여도 그들은 처벌받지 않았어요.

'법은 당신이나 이 소녀같이 힘없는 사람들에게만 적용되는 규칙이에요.'

리바이는 과학자의 말을 다시 한번 떠올렸어요.

그들은 재물과 권력을 가지지 못한 사람들을 경멸하고 무시하며 가축 대하듯 했어요. 그는 귀족들의 모습에 환멸을 느꼈지만, 아리아를 구해야 한다는 생각으로 이를 악물고 마음을 굳게 먹었어요.

그는 왕과 귀족들의 환심을 사기 위해 값비싸고 진귀한 진상품들을 준비했어요. 그런 후, 귀족들에게 자신을 먼 도시에서 온 큰 부자라 소개하며 그들과 친분을 쌓기 시작했어요.

그들 사이에 섞여 든 리바이는 아리아와 **'영생의 피'**에 관해 언급하며 그들을 떠 봤어요.

"듣자 하니 요즘 '영생의 피'라는 게 귀족들 사이에서 유명하다던데요."

그러자 한 귀족이 심드렁하게 답했어요.

"아, 특별한 소녀에게서 나온다는, 젊음을 유지해 준다는 그 피! 하지만 요즘 그 소녀의 상태가 별로 좋지 않아서 채혈량이 많이 줄었다더군. 이젠 예전보다 두 배는 되는 웃돈을 주어야 살 수 있게 되었어."

이 말을 들은 리바이의 가슴은 찢어질 듯 아팠어요. 하지만 내색하지 않고 말했어요.

"그럼, 그 소녀가 회복을 해야 피를 더 많이 낼 수 있겠군요. 채혈량을 늘리기 위해서라도 그 소녀에게 먹을 것을 더 제공하고 머무는 곳도 더 좋은 것으로 바꿔 줄 필요가 있겠어요. 그래야 뽑아낼 수 있는 피의 양도 더 많아지고, 품질도 더 좋아지지 않겠어요?

안락한 곳에서 더 좋은 풀을 먹고, 좋은 음악을 들은 소가 더 많은 우유를 생산해 내고, 육질이 더 좋은 것처럼 말이에요."

"그거 좋은 생각이야! 당장 그렇게 지시를 내려야겠어!"

그 말을 들은 귀족들은 리바이의 말에 맞장구를 치며 기뻐했어요.

이들의 모습을 보고 있던 리바이는 피가 거꾸로 솟는 것 같았어요. 당장이라도 이들 모두를 죽이고 싶은 충동을 가까스로 참아야만 했어요. 애써 웃으며 리바이는 마음속 깊이 피눈물을 흘렸어요.

한편, 아리아는 리바이를 만난 후 마음속에 큰 희망이 생겼어요.

늘 머물던 어두컴컴한 실험실 감옥이 더 이상 어둡지만은 않았어요. 그녀에 대한 실험과 채혈은 계속되었고 갈수록 그녀의 건강도 나빠져 갔지만, 마음 속 희망과 리바이에 대한 사랑만큼은 늘 굳건했어요.

미래를 들여다볼 줄 알았던 아리아는, 언젠가 리바이가 자신을 구하러 올 것을 알고 있었어요.

그녀는 실험실 감옥의 창살 박힌 작은 창문으로 햇볕을 쬐고 창가에 놀러 오는 새들을 구경하며, 희망과 용기를 잃지 않으려 노력했어요.

어느 날부터인가는 먹게 되는 음식의 질도 좋아지고, 머무는 곳도 실험실 감옥에서 벗어나 조금 더 안락한 방으로 옮기게 되었어요. 그곳에는 따듯한 담요와 인간적인 생활을 영위할 수 있는 기본적인 것들이 갖추어져 있었어요.

그녀는 여전히 갇혀 있었고 실험과 채혈은 계속해서 강행되었지만, 예전과는 다르게 회복할 시간이 주어져 그녀의 건강은 나아지고 생활 또한 조금 더 편안해졌어요.

아리아는 리바이가 자신을 위해 노력하고 있다는 걸 알았어요.

그녀는 자신에 대한 리바이의 사랑과 헌신에 늘 고마워했어요. 그녀는 매일 밤 그를 위해 기도하고, 그가 안전하기를 빌었어요.

그리고 생각했어요.

'언젠가 우리가 결혼을 하고, 현실에 부딪히고 지쳐 우리 사랑이 오래된 노래처럼 빛을 잃어갈 때, 난 지금의 당신을 꼭 기억하겠어요. 당신이 아무렇게나 던져 놓은 빨랫감에 화가 날 때마다 **당신이 날 구하기 위해 했던 모든 희생을 기억하며 늘 당신을 사랑하겠어요**. 평생을 당신에게 감사하며 살아갈 거예요.

이 여정이 쉽지만은 않겠지만 우리를 더 단단하게 묶어 줄 거예요. 언젠가 우릴 속박하는 모든 것에서 벗어날 때, 우리에게 고통을 가하고 억압했던 모든 이들은 자신들이 한 대로 돌려받게 될 거예요. 세상의 이치란 그런 거니까요. 나는 우리의 미래를 알아요. 우리의 행복하고 밝은 미래를 이미 봤는걸요. 우린 모든 걸 이겨 내게 될 거예요. 그러니 힘을 내요. 내가 당신과 함께한다는 걸 늘 기억해요.'

아리아가 조금 더 편안해진 것을 확인한 리바이는 안심했어요. 그는 그녀를 구하기 위해 더욱 박차를 가했어요.

귀족들의 환심을 산 리바이는 왕과 절친한 한 귀족을 구슬려 왕과의 독대를 청했어요.

'한 나라를 다스리는 왕이니, 분명 노는 것만 좋아하고 사리사욕 채우기에 급급한 귀족들과는 다른, 훌륭한 생각을 하는 사람이겠지. 왕이라면 분명 아리아 이야기를 듣고 당장이라도 풀어 주라 명할 거야. 이제 아리아를 구할 수 있어!'

리바이는 왕과의 독대에 큰 기대를 품었어요. 알현 날짜가 다가오고, 드디어 왕을 대면한 리바이는 말했어요.

"지엄하신 폐하께 인사드립니다. 저는 작은 마을에서 태어난 리바이입니다. 큰 도시로 건너와 여러 사업을 하며 큰 돈을 모았습니다. 폐하께서 제 청 한 가지만 들어 주신다면, 저는 현명하신 폐하의 치세를 돕는 영원히 충직한 당신의 신하가 되겠습니다."

그러자 왕이 기뻐하며 말했어요.

"제가 사랑하는 소녀가
영생의 피 때문에
온갖 학대를 당하고 있습니다.
그녀를 풀어주도록
명을 내려 주십시오."

그러나 왕은
'영생의 피'라는 말을 듣자마자
곤란한 듯 정색을 하며 말했어요.

"흠…. 그거라면…. 해 줄 수 없네. 그 소녀를 풀어준다면, 귀족들의 반발이 심해질 거야. 이 나라를 운영하고 권력을 유지하려면 내겐 그들의 지지가 꼭 필요해. 게다가 그 '영생의 피'는 내게도 아주 유용하단 말이지. 자네의 청은 들어줄 수 없어. 물러가게."

리바이와의 독대가 끝난 후 왕은 생각했어요.

'이 자리를 지키기 위해서는 귀족들과 부유층의 지지가 절대적으로 필요해. 그깟 계집애 하나 때문에 내가 가진 모든 것들이 흔들리게 둘 순 없어. 이 자리를 지킬 수만 있다면 난….'

왕은 계속해서 생각했어요.

'작은 마을에서 나고 자라 왕인 내게 독대를 청할 수 있을 정도의 위치까지 올라온 영민한 청년이라면, 분명 사랑하는 여자를 구하기 위해 무슨 짓이든 하려 할 거야. 그 소녀를 찾지 못하도록 외진 곳에 숨겨 놔야겠어.'

이렇게 생각한 왕은 시종을 불러 아리아를 아무도 모르는 땅끝 높은 탑에 가두도록 지시했어요.

"연구소에 있는 소녀를
땅끝 높은 탑에 가두도록 해.
그 청년이 소녀를 구할 수 없도록
머리 다섯 달린 괴물을
탑 아래에 매어놓고 지키게 하라."

왕이 이런 명령을 내린 줄은
까맣게 모른 채 리바이는 그저
낙담한 모습으로 궁을 빠져나왔어요.

마지막으로 기대를 걸었던
왕과의 독대가 물거품으로 끝나자
리바이는 깊은 절망에 빠졌어요.

그는 왕과 귀족들에게 분노하며,
더 이상 성안에서 머무는 것을
견딜 수 없어 뛰쳐나갔어요.

무작정 성 밖으로 빠져나온 리바이는 몇 날 며칠 술만 마시며 하루하루를 보냈어요.

'이제 어떻게 해야 할까…'

아무리 생각해도 방법이 떠오르지 않았어요.

술을 마시고 괴로워하는 리바이를 보며 길을 지나던 한 농부가 물었어요.

"이봐요, 뭐 때문에 그리 괴로워하는 거요?"

"사랑하는 여자가 붙잡혀 있는데, 그녀를 어떻게 구해야 할지 모르겠어요."

리바이는 괴로움에 눈물을 흘리며 말했어요.

"그녀를 아무도 모르게 빼내어 멀리 도망가는 건 어때요? 그녀를 데리고 이곳을 떠나 먼 나라로 가서 행복하게 살면 되잖소."

그러자 리바이가 대답했어요.

"도망간다 한들 소용없어요. 그들은 지구 끝까지라도 쫓아와서 그녀를 내게서 빼앗으려 할 거예요."

"흠…. 그럼 **붉은 마법사**를 찾아가 보는 건 어떻겠소? 아무도 붉은 마법사의 실체는 모르지만 친절한 사람이라고 들었으니까. 그 사람이라면 분명 딱한 당신을 도와줄 수 있을 거요."

"하지만, 어디로 가야 그를 만날 수 있죠?"

"그건 나도 잘 모르오. 하지만 그는 인간의 땅이 끝나는 어디쯤에 살고 있다고 들었소."

붉은 마법사가 있는 곳이 정확히 어딘지 알 수 없던 리바이는 막연함에 또 다시 가슴이 답답해졌어요.

그가 생각에 잠겨 있을 때, 왕의 시종이 헐레벌떡 뛰어와 숨을 헐떡이며 리바이에게 말했어요.

"여기 있었군요. 당신을 찾으려고 며칠 동안 온 성 안을 뛰어다녔는데 여기 있었다니! 폐하께서 인간의 땅이 끝나는 언덕, 높은 탑에 아무도 모르게 그 소녀를 가두라 내게 명했어요. 그곳이 어딘지 알려 줄게요. 머리 다섯 달린 괴물이 지키는 곳이니, 철저히 대비하고 몸조심 하도록 해요. 내가 귀족들에게 조롱을 당할 때, 날 구해 주고 친절하게 대해 주었던 것을 아직도 기억해요. **당신은 성 안에서 날 인간답게 대해 준 유일한 사람이었어요.** 이건 그때 일에 대한 내 보답이에요. 어서 가서 당신의 소녀를 구해요. 그녀가 당신을 기다리고 있을 거예요!"

리바이는 붉은 마법사를 찾고 아리아를 구하기 위해서, 땅끝을 향해 또 다시 길을 떠났어요.

한참을 걸어 날이 어둑해지고 큰 숲 근처에 다다랐을 무렵, 조용한 산길 어딘가에서 시끄러운 소리가 들렸어요.

리바이는 그 곳으로 발걸음을 옮겼어요. 그 곳엔 한 작은 노인이 여러 명의 건달들에 둘러싸여 애원하고 있었어요.

"내 돈과 짐들을 돌려주게. 그건 내가 가진 전 재산이야. 그것들 없이는 난 더 이상 살아갈 수 없네."

그러자 건달들은 비웃으며 말했어요.

"살 만큼 산 노인네가 욕심도 많군. 백 살은 되어 보이는데 이만큼 살았으면서도 더 살고 싶은가 봐. 이제 당신 돈은 우리가 가져가 잘 쓰겠어."

그 광경을 보고 있던 리바이는 그들에게 다가가 말했어요.

"어르신의 돈을 돌려드려요. 그렇지 않으면 후회하게 될 테니."

건달들은 험상궂은 표정으로 리바이를 보더니 달려들기 시작했어요.

하지만 눈 깜짝할 새 리바이는 건달들을 때려눕혔어요. 노인은 리바이에게 고마워 어쩔 줄 몰랐어요.

"고맙네 젊은이. 자네 덕분에 내 귀한 돈과 짐들을 되찾을 수 있었어. 자네 이름이 뭔가?"

"저는 리바이라고 합니다. 붉은 마법사를 찾고 있어요. 사랑하는 사람이 머리 다섯 달린 괴물이 지키는 땅끝 높은 탑에 갇혀 있어, 그녀를 구하기 위해 붉은 마법사에게 도움을 요청하러 가는 길이랍니다."

그 이야기를 들은 노인은 빙그레 웃더니 말했어요.

"흠…. 그렇구먼. 날 도와줬으니 나도 자네에게 그 보답으로 세 가지 선물을 주겠네."

노인은 리바이에게 오카리나와 마법의 검, 그리고 신비한 보석을 선물로 주었어요. 그리고 말했어요.

"자네가 이 오카리나를 연주하는 순간, 머리 다섯 달린 괴물도 키우던 강아지처럼 애교를 부릴 걸세. 단, 그 시간이 그리 길진 않으니, 이 점을 잘 기억해야 해."

노인은 말을 이어 갔어요.

"**두 번째 선물은 마법의 검이라네.** 이 마법의 검은 분노를 흡수할수록 강력해진다네. 자네의 분노가 커질수록 이 검은 엄청나게 파괴적인 힘을 가지게 되지. 그러니 이걸 휘두를 땐 조심해야 해. 그렇지 않으면 이 세상을 파괴하게 될 걸세. 자네는 선량한 본성을 타고난 사람이야. 이걸 현명하게 사용할 수 있을 거라 믿네."

계속해서 노인은 세 번째 선물에 관해 말했어요.

"세 번째 선물은 마법의 보석일세. 이건 '영혼의 힘'이라 불리는 보석이지. 자네가 이 보석을 높이 들고 사람들 앞에 서게 되면 자네가 하는 모든 말과 행동에 권위가 생길 거야. 많은 사람들이 자넬 우러러볼 걸세"

"감사합니다 어르신. 주신 선물들 모두 현명하게 잘 사용하도록 하겠습니다. 그런데 혹시 붉은 마법사가 살고 있는 곳을 아십니까? 전 그 마법사를 꼭 만나야만 합니다."

노인은 다시 미소를 지으며 대답했어요.

"자네는 더 이상 붉은 마법사를 만날 필요가 없네. 이미 그를 만났으니. 이제 당신의 소녀를 구하러 어서 가게나. 행운을 비네!"

노인은 리바이의 눈앞에서 홀연히 사라졌어요. 리바이는 기뻐하며 아리아를 구하기 위해 길을 재촉했어요.

먼 길을 걸어 리바이는 드디어 땅끝 높은 탑에 도착했어요. 긴 여정 탓에 그는 많이 지쳐 있었어요. 하지만 목숨을 건 가장 큰 결투를 눈앞에 두고 있던 그는 스스로를 다독였어요.

높은 탑의 창문으로 아리아의 야윈 모습을 본 리바이는 힘을 냈어요.

그는 탑 근처 수풀 속에 몸을 숨기고 조용히 오카리나를 불기 시작했어요.

머리 다섯 달린 괴물은 오카리나 연주가 시작되자, 눈이 반쯤 풀리더니 배를 뒤집고 강아지처럼 앙탈을 부리기 시작했어요.

그는 살금살금 환각에 취한 괴물을 지나 탑 위를 오르기 시작했어요. 하지만 마법사가 경고했던 대로 20분도 채 지나지 않아 괴물은 다시 정신을 차리고 말았어요. 환각에서 깨어난 괴물은 리바이를 발견하곤, 탑을 기어오르던 그의 한쪽 다리를 물어뜯었어요.

"으악!"

그는 외마디 비명을 지르며 바닥으로 떨어졌어요.

리바이는 정신을 잃지 않으려 애썼어요. 바닥에 나뒹군 그는 다리를 절뚝이며 힘겹게 일어섰어요.

다친 그의 한쪽 다리에서 엄청난 피가 흘러나왔어요. 너무 많은 양의 피가 흘러 눈앞이 자꾸만 아득히 흐려져 갔어요.

그는 이를 악물고 두 발을 버티고 서서 검을 꼭 쥐었어요. 그리고 괴물이 달려드는 순간 급소를 정확히 내리쳤어요.

한 번, 두 번, 세 번….

급소에 검을 맞은 괴물은 고통스럽게 울부짖으며 그 자리에 쓰러졌어요.

"해냈다!"

리바이는 기쁨의 포효를 질렀어요.

드디어 다시 만난 아리아와 리바이는 기쁨의 눈물을 흘렸어요. 온갖 풍파를 견디고 재회한 그들의 몸은 만신창이가 되어 있었어요.

끔찍한 실험과 학대를 당하고 구출되기 전날까지 피를 뽑혔던 아리아는 실바람만 불어도 날아가 버릴 듯 위태로웠어요.

아리아를 구하기 위해 긴 여정을 견디고 괴물과의 싸움으로 한 쪽 다리를 물어뜯긴 리바이는 이제 평생 한 쪽 다리를 절게 되었어요.

하지만 그들은 다시 만나
행복한 미래를 그릴 수 있게 됐음에
감사했어요.

"인간 세상으로부터 먼 곳에서 우리 남은 생을 함께해요. 나는 이제 인간들의 발길이 닿지 않는 조용한 곳에서 남은 생을 살아가고 싶어요. 탐욕스러운 인간들은 이제 진저리가 나요."

아리아의 말에 리바이는 고개를 끄덕였어요. 그들은 얼마간 몸을 추스르고 먼 곳을 향해 떠났어요.

인간의 땅을 막 벗어날 무렵, 그들의 눈앞에 붉은 마법사가 다시 모습을 드러냈어요. 리바이는 기쁘고 반가운 마음에 덥석 마법사의 손을 잡고 인사했어요.

"어르신 덕분에 사랑하는 사람을 구할 수 있었습니다. 정말 감사했어요. 이제 우리는 인간들의 발길이 닿지 않는 곳으로 떠나려 합니다. 인간들의 이기심과 탐욕, 악랄함에 너무 질렸어요."

그러자 마법사가 말했어요.

"인간들은 욕망에 지배당하는 동물이지. 그들이 **하는 가장 큰 착각 중 하나는 자신들이 매우 이성적이고 합리적이라 생각한다는 거야.** 사실 인간들은 다른 동물들만큼이나 욕망과 감정에 늘 지배당하고 있는데도 말이지. 그들이 선한 존재가 될지 악한 존재가 될지 결정짓는 건 그들의 욕망이야. 그리고 그들 대부분의 욕망들은 어둡고 추하다네. 그들은 하나를 가지면 둘을 갖고 싶어 해. 부자는 더 큰 부자가 되고 싶어 하고, 권력을 가진 자는 더 큰 권력을 갖고 싶어 하지.

그들의 욕망은 그들을 어딘가로 계속해서 끌어당겨. 그렇게 **욕망은 종종 그들 자신을 망가뜨리고, 더 나아가 다른 이들을 망가뜨리기도 하지.** 자네들이 그들 욕망의 희생양이 된 것은 안타까운 일이야.

어쨌거나 이대로 떠난다니 아쉽군. 난 자네가 더 큰 일을 할 수 있는 사람이라 믿었어. 세 가지 선물은 그런 의미에서 자네에게 줬던 거라네. 그것들은 악인들의 손에 들어가면 절대 안 되는 것들이네."

"그게 무슨 말씀이신가요?"

리바이가 물었어요.

"자네의 선량함, 용기, 사랑으로 충만한 마음…. 돈과 권력만 좇는 보통의 인간들에게선 보기 힘든 것들이지. 난 자네가 세상을 바꿀 수 있을 거라 믿었네. 내 믿음이 틀렸나?"

마법사는 인자한 미소를 띠며 리바이를 바라봤어요.

"아리아를 이런 몰골로 만든 인간들 따위 이제 난 상관하고 싶지 않아요. 아리아도 더 이상 인간들과 어울려 살고 싶어 하지 않고요. 큰 도시와 성에서 만난 인간들은 모두 하나같이 추악하고 혐오스러웠어요. 게다가 지금의 난 만신창이가 됐고요. 당신이 내게 준 마법의 선물들이 있다 한들, 이것들만으론 세상을 바꿀 수 없어요.

성에 살고 있는 왕과 귀족들의 기득권과 세력은 너무나 강력해요. 그들은 재물, 군사, 권력 모든 걸 쥐고 있어요. 나 혼자 이 세상을 바꿀 순 없다고요. 그건 달걀로 바위 치는 일이 될 뿐이에요."

그러자 마법사는 다시 미소를 지으며 말했어요.

"부유하고 권세 있는 자들의 탐욕과 세상의 부조리함이 잘못됐다고 생각하는 게 자네 하나뿐만은 아닐 걸세. 세상이 달라지기를 바라고 있는 이들은 생각보다 많아. 이미 자네는 나라는 조력자를 얻지 않았나? 다시 성으로 돌아가 보면 세상의 변화를 바라고 있는 이들이 보일 것이네. 그들이 자네의 조력자가 되어줄 거야. **자, 어떤 결정을 내리건 이제 선택은 자네 몫이네.**"

말을 마친 마법사는 또다시 처음처럼 홀연히 사라졌어요. 리바이는 생각에 잠겼어요.

아리아는 그런 그의 옆에서 차분히 말했어요.

"당신이 어떤 결정을 내리건, 난 당신을 존중하고 지지해요. 원하지 않는다면 굳이 당신이 그 위험하고 무거운 짐을 어깨에 멜 필요는 없어요. 난 당신이 위험해지거나 다치게 되는 걸 원치 않아요. 이미 당신은 날 구하기 위해 너무 많은 희생을 했고 지쳐 있어요. 나 역시 인간 세상과 그들 일엔 더 이상 관여하고 싶지 않은 마음이 간절하고요. 하지만 당신이 그 길을 걷는다면, 난 조용히 당신을 응원하고 지지할 거예요. **설령 그 길이 우리 목숨을 앗아갈 수 있는 위험한 길이라 해도. 당신의 선택엔 이유가 있을 테고, 어떤 상황에서도 난 당신을 믿으니까요.**

난 지금까지 꽤 오랜 시간을 실험실 감옥과 높은 탑에 갇혀 살았어요. 아무것도 하지 못한 채 착취와 학대를 당하며 살았죠. 더 이상 나같이 끔찍한 일을 당하는 누군가가 없기를 바라요. 우리로 인해 세상이 변화된다면, 그래서 더 이상 우리와 같은 희생양이 생기지 않는다면, 그 또한 매우 의미 있는 일이 될 거예요."

그녀는 미소를 지었어요.

리바이는 여전히 아름답게 빛나는 아리아의 두 눈을 바라보며 깊은 생각에 빠져 있었어요.

마음 속 깊은 곳에서 그는 수없이 고뇌했어요.

마침내 그녀의 말이 끝나자, 굳은 결심을 한 듯 그는 그녀의 손을 잡은 채 자리를 털고 일어나며 말했어요.

"자, 이제 출발합시다!"

그들은 거침없이 성으로 향했어요.

리바이가 아리아와 함께 성으로 다시 돌아왔을 때, 성 안팎의 상황은 그가 떠나기 전보다 더욱 악화되어 있었어요. 성 밖에서는 하루에 한 끼도 먹지 못하는 사람들이 즐비했고 굶주려 죽는 사람들이 나오기 시작했어요.

성 밖 마을의 참혹함에 리바이는 눈을 질끈 감았어요.

반면, 성 안 왕과 귀족들의 과소비와 향락은 더욱 심해져 가고 있었어요. 리바이는 금방이라도 폭동을 일으킬 것만 같은 성 밖의 사람들을 불러 모아 말했어요.

"지금까지 우린 우리가 하고 싶은 말을 단 한 번도 저 성안 사람들에게 제대로 해 본 적이 없어요. 그래서 그들은 우리가 침묵하고 복종하며 사는 걸 당연하게 생각해 왔죠. 하지만 이제 우린 달라질 겁니다. 우리에게 무엇이 필요한지, 무엇을 원하는지 이제 저들에게 똑똑히 알게 해 줄 겁니다. 당신들과 당신들의 아이들도 저들처럼 배부르게 먹을 권리가 있어요. 우리 모두는 인간다운 삶을 살아갈 권리가 있으며, 저들에게 하대당하거나 부당한 일을 당하지 않을 권리도 있어요.

이제 나는 저 성 안으로 들어가 우리의 권리를 주장할 겁니다. 그들이 그걸 순순히 인정해 준다면 모든 것은 평화롭게 이루어질 거예요. 하지만 그들이 끝까지 자신들의 기득권을 내려놓지 못한다면, 그땐 우리 모두의 더 나은 삶을 위해 함께 싸워야 합니다. **우리 스스로 움직이지 않으면 아무것도 달라지지 않을 거예요.**"

사람들은 고개를 끄덕이고 박수를 치며 리바이의 말에 환호했어요.

환호하는 사람들을 헤치고
리바이는 성문 앞에 우뚝 섰어요.
그리고 성 안으로
뚜벅뚜벅 걸어 들어가
다시 한번 왕과의 독대를 청했어요.

마침내 왕을 다시 알현한 리바이는 왕에게 정중히 말했어요.

"연구소에 갇혀 피를 뽑힌 채 학대당하고 있는 한 소녀를 구해 달라 당신에게 요청했던 한 청년을 기억하십니까?"

대낮부터 술에 취해 흐리멍덩하고 몽롱한 눈으로 그를 바라보던 왕은 흠칫 놀랐어요.

"흠…. 자네가 여긴 또 어쩐 일인가?"

리바이가 아리아를 구했다는 사실조차 보고받지 못했을 만큼, 왕의 권위와 왕국의 체계는 무너져 가고 있었어요.

왕은 늘 술과 파티를 즐겼고 아름다운 여성들에 둘러싸여 심각하고 머리 아픈 국정 문제에서는 멀어진 지 오래였어요.

"지난번 알현 이후 제가 아리아를 구할 수 없도록, 전하께서 높은 탑에 그녀를 가두셨던 걸 알고 있습니다. 그 사실에 분노했지만, 오늘은 전하께 제 분노를 전하러 온 것이 아닙니다.

제가 전하러 온 것은 이 왕국의 분노입니다. 전하께서 다스려야 할 것은 성 안의 귀족들만이 아닙니다. 성 밖의 사람들도 전하께서 다스려야 할 전하의 사람들입니다. 성 밖의 사람들은 굶주림에 지치고, 귀족들이 해야 할 몫의 노동을 대신하며 시달리고 있어요.

최소한의 인간적인 삶조차 누리지 못 하고 있답니다. 법은 귀족들과 성 밖의 사람들에게 다르게 적용되어, 불평등이 갈수록 심해지고 있어요. 그들은 더 나은 삶을 전하께 요구하고 있습니다. 그들도 귀족들과 같은 인간이랍니다.

그들에게도 인간다운 삶을 살아갈 권리가 있어요. 귀족들이 누리는 것들의 반 만이라도 성 밖의 사람들이 누릴 수 있게 된다면, 이 왕국은 더 살기 좋은 나라가 될 겁니다.

전하께서 그들에게 더 나은 품삯을 보장해 주고, 조금 더 인간답게 그들을 대우해 주고, 또 그들의 인간다운 삶을 살아갈 권리를 인정해 주신다면, 왕국의 모든 사람들이 전하를 따를 것입니다. 전하의 치세가 날이 갈수록 높아질 것입니다. 하지만 지금처럼 그들의 외침과 요청을 계속 외면하신다면, 그들은 온 세상을 뒤집을 겁니다."

리바이는 진심으로 왕에게 충언했어요.

"그래. 나도 한땐 백성들을 가엽게 여긴 적이 있었지. 하지만 그들은 닭을 주면 다음엔 염소를 바라. 내가 아무리 애쓰고 노력해도 백성들은 늘 불평불만이 가득해. 모두를 만족시킬 수 있는 정책이나 제도 따위를 만드는 건 하늘의 별 따기만큼이나 어렵고 불가능한 일이란 걸, 그들은 이해하지 못한다고. 정책을 만들고 결정을 내려야 할 때면 수없이 많은 딜레마에 직면하지. 이번엔 어느 쪽의 손을 들어 줘야 할지, 난 매 순간 선택해야 해. 이 모든 걸 이해하지 못한 채, 그들은 항상 징징거리는 아이처럼 굴어. 난 그게 지긋지긋해."

이렇게 말하곤 왕은 코웃음을 치며 다시 말을 이어 갔어요.

"그것들이 세상을 뒤집는다고? 그들은 아무 힘이 없어. 앉아서 불평불만을 늘어놓을 뿐이야. 먹고살기 급급한 그들은 화롯가에 둘러앉아 불만을 늘어놓을지언정, 세상을 뒤집을 생각 따윈 하지 못해. 그럴 힘도 시간도 지성도 없어. 그들의 역할이란 그저 우리 같은 지배층이 먹을 식량을 생산하고 우릴 떠받들기 위해 존재하는 아랫돌 같은 거야. 우린 재물, 군사, 권력 모든 걸 갖추고 있어. 지금 자네는 내가 그것들 눈치를 봐야 한다 말하고 있는 것인가?"

왕은 초점없는 눈을 부릅뜬 채 거들먹거리며 물었어요.

"전하께서 누리시는 모든 권력은 결국 '힘없는 그들'에게서 나옵니다. 저는 그저, 그걸 말씀드리고 싶었을 뿐입니다."

왕을 한참 동안 물끄러미 바라보던 리바이는 조용히 예를 갖춰 인사를 하곤 물러났어요.

왕과의 독대를 마치고 나니, 이미 오래 전에 날은 저물고 밤이 되어 있었어요.

바로 성 밖으로 나온 그는 성문을 활짝 열어 놓은 채, 그 앞에 모여 있던 성 밖 사람들에게 말했어요.

"왕은 달라질 생각이 없어요. 모두 직접 나서야 할 때가 왔습니다!"

성 밖 사람들은 천둥이 치는 듯한 함성을 지르며 열린 성문으로 밀고 들어갔어요. 매일 똑같은 평화로운 저녁을 보내던 근위병들은 처음 겪는 놀라운 상황에 당황해 허둥지둥 어쩔 줄 몰랐어요. 성난 군중을 막아선 왕의 군대를 앞에 두고 리바이는 외쳤어요.

"지금 당신들 앞에 있는 이들은 모두 당신들의 가족이자 친구요! 이들을 막아선다면 이들은 물론이고 당신들의 삶도 달라질 수 없을 겁니다. 우리 모두 함께 세상을 바꿀 수 있어요. 우리와 함께 싸워 주시오!"

군인들은 서로 웅성거리기 시작했어요. 누군가 외쳤어요.

"이건 반역이야!"

그때 다른 누군가가 반박하며 말했어요.

"하지만 저 이의 말이 맞아!
우린 지금까지 귀족들과 왕을 지키는
개에 지나지 않았어.
그들은 우릴 사람으로 여긴 적이 없지.
바로 지금이 세상을, 그리고 우리의 삶을
바꿀 수 있는 유일한 기회야!"

혼란에 빠진 듯했던 수많은 군인들은 곧 리바이의 말에 동조해 가세하기 시작했어요. 군인들은 군중에게 길을 터주고 그들과 합세해 성 안으로 물밀듯이 밀고 들어갔어요. 혼비백산한 귀족들은 두려움에 떨며 귀중품과 재산을 버린 채 도망가거나 숨기에 바빴어요.

왕은 어두컴컴한 자신의 거처에 숨어 이 모든 광경을 바라보며 경악했어요. 넋이 나간 듯, 그는 눈앞에 벌어진 믿을 수 없는 광경을 바라보며 충격에 빠졌어요.

그는 평생을 몸부림치며 지키려 했던 왕좌의 마지막 순간이 다가오고 있음을 직감했어요. 그 마지막 순간 앞에 지난 날들이 눈앞을 스쳐 갔어요. 선대 왕이었던 아버지를 보며, 자신은 다른 왕이 될 거라 굳게 마음먹었던 젊은 날들.

'귀족들에 휘둘리는 아버지를 보며 난 강력한 왕이 되리라, 아버지보다 더 나은 왕이 되리라 결심했었지. 그러나 지금의 난…. 내 아버지보다 더 형편없는 왕이 되어 버리고 말았구나. 나는 어느 것 하나 제대로 해내지 못한 무능력한 왕이로다….'

그는 자신의 거처를 떠나, 왕좌를 향한 마지막 을 한 걸음 한 걸음 걸어갔어요. 평생 그를 지켜 주던 보호막과 같던 권력이 더 이상 그의 것이 아니라는 사실을 깨닫는 순간, 왕의 두 다리는 두려움에 비틀거렸어요.

그는 늘 왕좌가 버거웠지만 누구에게도 털어놓 을 수 없었어요. 평생 그를 짓눌렀던 커다란 바 윗덩어리와 같았던 권력의 무게.

그럼에도 악착같이 그 자리를 지켜야만 했던 자 신의 지난 모습들이 왕의 머릿속에 떠올랐어요.

'나는 무엇을 위해 이 자리를 그토록 처절하게 지키려 했단 말인가…'

울부짖는 사자와 같은 군중들의 함성을 들으며, 왕은 어둠 속 왕좌에 앉아 멍하니 생각에 잠겼어요. 허탈함과 공허함, 끝없는 회한이 그의 마음을 가득 채웠어요.

그 시각, 군중들을 헤치고 리바이는 왕을 찾아갔어요.

리바이를 본 왕은 감동하며 말했어요.

"오, 나의 충신이여! 마지막 순간 너만은 나를 지키러 와 주었구나. 내게 충언할 때부터 난 자네가 내 충직한 신하임을 알고 있었다!"

"안타깝게도 저는 당신을 구하러 온 것이 아닙니다. 당신에게 마지막 제안을 하기 위해 왔어요. 이 방 밖에는 당신과 귀족들에게 성난 군중들이 코 앞까지 밀려와 있답니다. 당신의 왕위와 목숨은 이제 장담할 수 없어요. 순순히 당신과 귀족들이 장악하고 있던 권력과 부를 내려놓아야 할 겁니다."

"넌 이 자리, 왕의 자리를 차지하고 싶은 건가?"

리바이는 대답했어요.

"그 자리에 누가 앉을지는 내가 결정할 일이 아니에요. 하지만 만약 내가 당신의 자리에 앉게 된다면, 난 그 자리의 권력과 부를 더 많은 사람들과 나눌 겁니다. 나는 이 세상이 지금보다 더 평등하고, 아리아와 같이 부당한 일을 겪는 사람들이 줄어드는 세상이 되기를 바라니까요."

왕은 킬킬거리며 기묘하게 웃기 시작했어요. 그리고 말했어요.

"크크크…. 그런가? 누구나 이 자리에 처음 앉을 땐 다들 좋은 왕이 되고 싶어 하지. 내 조부도 내 아버지도 나 역시도 그랬으니까. 하지만 정치와 권력이란 그리 간단하지 않아. 왕의 자리란 고려해야 할 게 아주 많거든. 이 자릴 넘보고 무너뜨리려는 자들을 견제해야 하고, 지지 세력도 만들어야 해.

이 자릴 계속 유지하려면 때론 그게 옳지 않은 결정이라는 것을 알면서도 선택해야 할 때가 있어. 이 자리가 주는 압박감 역시 네 상상을 초월하지. 한 나라를 운영한다는 건 네가 살던 작은 마을을 떠올리는 것과는 매우 달라. 굉장히 많은 이해관계가 얽혀 있다고.

무수히 많은 톱니바퀴들이 얽혀 돌아가. 그 과정에서 작고 힘없는 것들은 희생 당하기 마련이야. 정치와 권력이란 이렇듯 아주 차갑고 냉정한 거지. 그러다 보면 정작 가장 중요한 것들은 항상 뒷전이 되고 말아. 지금 네 위치에서 정의를 부르짖는 건 쉬워. 하지만 네가 이 자리에 앉았을 때도 그럴 수 있을 것 같은가?"

리바이는 진저리가 나는 듯 고개를 흔들며 말했어요.

"이해할 수 없어요. 도대체 권력이란 게 얼마나 대단한 것이기에 모두들 그 자리만 올라가면 그렇게 되는 건지."

그러자 왕이 대답했어요.

"아주 대단한 거지. 권력은 모든 이가 널 함부로 대할 수 없게 만드니까. 모든 사람들이 네 말 한마디에 벌벌 떨고, 모든 이들을 네가 원하는 대로 움직일 수 있어. 네가 어떤 부정을 저질러도 쉽게 무마할 수 있고, 원하는 건 다 하고 살 수 있지. 그런데 이런 권력을 더 많은 사람들과 나눈다고? 크크크….

네가 이 자리에 앉으면 그럴 것 같은가? 넌 나와는 다른 왕이 될 것 같은가? 네가 단 한 번도 가져본 적 없는, 상상조차 할 수도 없는 큰 권력을 가지게 됐을 때 네 모습은 어떨 것 같나?

권력은 빙의와 같아. 이것에 한 번 사로잡힌 사람은 죽기 전엔 스스로 벗어나지 못해. 아니 어떻게든 이걸 놓치지 않고 더 가지려 미친 듯이 발버둥 치지. **권력이란 그런 거야. 어느 누구와도 나눌 수 없는 것. 죽기 전엔 스스로 손에서 놓지 못하는 것.** 만약 네가 오늘 내게서 이 자리를 뺏길 원한다면 날 죽여야 할 거야. 그렇지 않으면 난 계속해서 망령처럼 되살아나 네가 가진 권력을 탐하며 널 괴롭힐 것이다."

어둠 속에서 리바이는 왕을 바라보며 잠시 깊은 생각에 잠겼어요.

"난 당신을 죽이고 싶지 않아요. 하지만 새로운 세상을 여는 데 꼭 필요한 일이라면…. 어쩔 수 없는 일이겠죠. 어쩌면 난 이미 당신이 말한 권력의 속성을 누구보다 잘 이해하고 있는지도 모르겠어요. 이제 당신의 시대는 끝났어요."

무겁게 말을 마친 리바이는 왕을 향해 검을 휘둘렀어요.

왕의 목에선 뜨거운 피가 솟구쳐 올라, 어둠이 내려앉은 왕좌를 붉게 물들였어요.

죽어 가는 왕은 숨을 헐떡이며 말했어요.

"네가 바라는 평등한 세상은 천 년이 흘러도 오지 않을 것이다. 인간 사회는 인류 역사가 시작된 이래 단 한 번도 평등했던 적이 없어. 세상은 늘 '지배하는 자'와 '지배당하는 자'로, '착취하는 자'와 '착취당하는 자'로 나뉘어 왔지.

지금의 위치에서 네가 보는 세상과 높은 자리에 올라서서 보는 세상은 다를 것이다. 너와 네 사람들이 어떤 세상을 만들어 갈지 궁금하구나. 네가 만들어 갈 세상에 축복을…"

마지막 말을 마친 왕은 숨을 멈추었어요.

그의 고개가 힘없이 떨궈졌어요. 왕은 그가 평생을 지키려 애썼던 왕좌에 앉아 죽음을 맞이했어요.

그 사이 바깥에서는 거대한 군중의 기세등등한 함성소리가 울려 퍼졌어요.

창밖으로 희끄무레하게 날이 밝아 오고, 리바이는 떠오르는 해를 바라봤어요.

새로운 날이 시작되고 있었어요.

이야기의 끝

새로운 세상의 시작

군중들은 자연스럽게 리바이를 왕으로 추대했어요. 높은 연단에 올라선 리바이는 **마법의 보석**을 높이 들어 올렸어요.

마법의 보석이 햇빛에 반사되어 눈부신 빛을 뿜어내자, 군중은 리바이를 향해 환호하고 열광했어요.

보석은 왕인 리바이의 권위를 한 층 더 돋보이게 해 주었어요. 왕이 된 그는 공표했어요.

"이제부터 이 자리는 어느 한 사람이
독점하지 못 하도록 할 겁니다.
5년에 한 번씩 투표를 통해
다음 왕을 뽑을 테니까요."

군중들은 박수를 치고 환호하며 왕의 결정을 받아들였어요. 왕이 된 리바이는 왕국의 오랜 폐해를 하나둘씩 고쳐 나가기 시작했어요.

'지난 왕의 말처럼 완벽하게 평등한 세상은 불가능해. 하지만 불평등의 정도와 불합리하고 부조리한 일들을 줄여 갈 수는 있어. 난 최선을 다해 초심을 잃지 않기 위해 노력할 거야! 내가 미처 고치지 못한 문제들은 다음의 누군가가 이어서 고쳐 나가게 되겠지.

인간은 어리석고 실수투성이의 존재지만, 과거의 실수와 경험을 통해 배우고 성장해 왔어. 우린 지금까지 그래왔듯 그렇게 천천히, 느리지만 한 발짝씩, 다음, 또 그다음의 누군가를 통해 더 나은 세상을 만들어 갈 거야.'

리바이는 지난 왕과 나눴던 마지막 대화를 늘 기억하고 마음에 새겼어요.

시간은 유유히 흘러 사람들에게 약속했던 5년이 지나고, 리바이는 투표를 통해 뽑힌 다음 왕에게 평화롭게 자신의 왕위와 붉은 마법사로부터 받은 세 가지 선물을 이양했어요.

그는 아내인 아리아와 함께 긴 여행을 떠나기로 했어요.

5년간 왕국을 위해 헌신하고 애쓴 리바이의 노력을 지켜본 사람들은, 그들 부부가 떠나는 길을 배웅하며 환호했어요.

리바이는 많은 이들의 존경과 사랑을 받는 왕으로 후대에 길이 이름을 남겼어요. 떠나는 길목에서 그는 한 손엔 은방울꽃을 들고 한 손으론 아리아의 손을 꼭 잡았어요.

그는 은방울꽃을 그녀에게 안겨주며 말했어요.

"어리석고 철없던 소년인 나를
현명한 남자로 만들어 준 당신, 고마워요.
인생의 모든 굴곡에서 당신이 함께해 주었기에
나는 성장할 수 있었어요."

"그리고 당신 덕분에 이 모든 시간들을
견디고 헤쳐 올 수 있었어요.
이 은방울꽃은 철없던 시절,
내가 당신에게 줬던 꽃이에요.
당신을 행복하게 해 주겠다는 약속을
꼭 지키고 싶었어요."

아리아는 은방울꽃을 받아 들곤 미소를 지으며 사랑스러운 눈으로 그를 바라보며 말했어요.

"내가 실험실 감옥에서 죽어 갈 때, 당신의 사랑이 나를 살렸어요. 다시 돌아오겠다는 당신의 약속은 내게 희망이었어요. 그리고 당신은 내게 한 모든 약속을 지켰어요. 이미 난 너무 행복해요.

당신이 높은 탑 속에 갇혀 있던 날 구한 후, 만약 우리가 그대로 인간 세상으로부터 달아나는 삶을 선택했다면 어땠을까 생각해 봤어요. 아마 난 평생 인간들을 향한 증오와 미움 속에서 살아갔을 거예요. 당신을 통해 인간들이 악하기만 한 존재는 아니라는 것을 배웠어요.

그들도 잘못된 것을 바로잡을 수 있다는 것을 알았어요. 당신은 평생 증오와 미움 속에서 살 뻔한 나를 빛으로 이끌었어요. 이번 생, 당신과 함께할 수 있음에 감사해요."

둘은 서로 마주보며 따듯한 미소를 지었어요.

리바이와 아리아는 많은 곳을 여행했어요. 그리고 그 후로도 오랫동안 서로를 아끼고 사랑하며 남은 생을 보냈어요. 그들의 아름다운 이야기는 많은 이들에게 오랜 시간 동안, 여러 세대에 걸쳐 전해졌어요.

그렇게 그들은 아름답고 행복하게, 영원을 살았답니다.

모든 아리아에게

　나는 해피엔딩을 좋아했다. 그래서 어릴 적 내가 읽었던 동화들은 모두 해피엔딩이었다. 어린 나의 세상은 그토록 단순하고 명확한 행복으로 가득 차 있었다. 이제 어른이 된 나를 비롯한 우리 모두는 더 이상 동화를 읽지 않는다. 동화란 현실과 동떨어진 유치한 이야기일 뿐이다. 어릴 적 동화 속 세상처럼 현실이 그리 단순하거나, 정의롭게 돌아가지 않는다는 걸 깨달은 우리는 더 이상 동화를 꿈꾸지 않는다.

　해피엔딩을 바라기에 현실은 너무 버겁고, 나아질 기미가 보이지 않는다. 동화 속에서 흔한 기적은 현실 세계에서는 쉽게 일어나지 않는다. 백마 탄 왕자님은 현실에서 나를 스쳐 지나간다. 팍팍한 삶을 살아가는 우리에게, 신데렐라에게 공짜 마법으로 예쁜 드레스를 입혀 주던 요정 대모는 없다. 좋은 것을 얻기 위해서는 피나는 노력을 하고 그에 맞는 대가를 지불해야 한다. 동화 속에서는 높은 탑에 갇혀 있는 공주를 구하러

　모든 난관을 헤치고 왕자가 달려오지만, 현실 세계의 왕자들은 공주를 구하기 전 자신의 손익을 계산해 본 뒤 아니다 싶으면 냉정히 돌아선다. 착하게 살고 노력하면 복을 받는 동화 속 주인공과는 달리, 현실세계에서는 선량함과 노력이 해피엔딩을 보장해 주지 않는다. 노력은 종종 우리를 배신한다. 현실과 동화의 괴리는 이처럼 갈수록 커져만 간다.

　그래서 어른들을 위한 동화를 써 봤다. 어른들 모두가 공감할 수 있는 동화를 써 보고 싶었다. 어쩌면 너무 씁쓸해서 굳이 보고 싶지 않고, 마주하고 싶지 않은 사실들일지도 모르지만. 아리아는 내게 한낱 이야기가 아닌 현실이다. 하루라도 빨리 벗어나고 싶은, 지독하게 잔혹한 현실이다.

　나는 동화를 통해 '현실'을 풀어내고 싶었다. 어쩌면 이런 무거운 주제들을 담기에 동화라는 장르는 적합하지 않을지도 모

르겠다. 그러나 나는 현학적이고 어려운 말 대신, 우리의 현실을 쉬운 이야기로 풀어내고 싶었다. 어려운 책은 나도 좋아하지 않으니까.

  이 책의 결말은 새드엔딩과 해피엔딩의 두 가지 버전으로 만들었다.
  다른 이의 선택이 어떻게 우리의 삶을 바꾸어 놓을 수 있는지, 또 한순간의 만남이 인생의 변곡점이 되어 어떻게 우리의 인생을 송두리째 바꿔 놓을 수 있는지 이야기하고 싶었다. 그래서 두 버전을 비교해 가며 읽어 보시기를 독자분들께 권하고 싶다.
  인생과 운명이란, 나의 선택과 다른 이의 선택이 씨줄과 날줄처럼 얽혀 만들어지는 거대하고 장엄한 이야기이다. 해피엔딩에서 아리아는 다른 이들의 선택과 도움으로 인해 전혀 다른 결과와 미래를 맞이한다. 인생을 살아가는 우리 역시 단

한순간의 행위로 인해 누군가의 인생에 구원이 될 수도, 혹은 파멸이 될 수도 있음을 알고 있다면, 우리에게 도움을 청하는 아주 작은 목소리도 쉽게 외면하지는 못할 것이다. 그 작은 선택이 어쩌면 누군가의 인생과 미래를 바꾸고, 더 나아가 내 인생을 바꿀 수도 있음을. 이렇듯 해피엔딩은 우리 모두가 함께 만들어 나가는 것이라 나는 믿는다.

 아리아 이야기의 새드엔딩과 해피엔딩을 쓰는 내내 나는 궁금했다. 내 인생의 결말은 새드엔딩일까 해피엔딩일까.
 우리 각자의 인생은 새드엔딩이 될 수도, 해피엔딩이 될 수도 있다. 하지만 잔인하고 차가운 현실 속에서 나에게도, 또 이 책을 읽는 이들에게도 해피엔딩의 동화 같은 기적이 일어나기를 다시 한번 꿈꿔 본다.
 우리 모두의 인생에 '영원히 행복한 해피엔딩'의 축복을 기원하며 말을 마친다.

작가 인터뷰

이 책을 쓰게 된 계기는 무엇인가요?

책 읽고 글쓰는 걸 좋아하긴 했지만 전문적으로 글을 쓴 적은 없었어요. 제 본업은 영어 강사예요. 아이들을 대상으로 수업을 하면서 영어 동화책을 읽어 줄 기회가 있었어요. 다 아는 내용이라고 생각했는데, 다시 보니까 어릴 때 봤던 이야기들이 전혀 다르게 다가오더라고요. 어른이 되면 세상을 바라보는 눈이 많이 달라지잖아요. 그런데도 동화를 보고 재미를 느끼고 감탄할 수 있다는 게 신기했죠. 그러다 '어른들을 위한 동화를 직접 써보면 어떨까?' 싶었어요. 대학원에서 정치학을 공부하면서 느낀 점이나 사회를 바라보면서 생각한 것들, 그리고 지금까지 살아오면서 경험했던 것들을 이 책에 녹여냈어요.

'동화'의 매력은 무엇일까요?

우리가 열심히 노력한다고 해서 모든 일이 원하는 대로 이루어지는 않잖아요. 인간관계도 마찬가지고요. 살면서 사회 전반적으로 삭막하고 차갑다는 느낌을 많이 받았어요. 그런 현실을 살아가고 있기 때문에 동화라는 장르에 더 끌렸던 것 같아요. 어릴 때의 세상은 무척 단순하잖아요. 그 시절에 대한 향수가 있었어요. 그때 느꼈던 따뜻함을 다시 느끼고 싶다는 마음이 컸죠. 지금까지 내가 겪어온 이야기를 동화로 표현한다면 어떤 모습일까 저도 궁금했어요. 또 하나는, 읽기가 쉽다는 점이에요. 아무리 중요하고 좋은 메시지가 담겨 있더라도 독자가 소화할 수 없다면 의미가 없잖아요. 바쁘고 정신 없는 일상 속에서도 편하게 읽을 수 있다는 점이 동화의 매력이죠.

아리아라는 캐릭터는 어떻게 탄생하게 되었나요?

아리아는 저 자신을 많이 투영한 캐릭터예요. 요즘 영화나 드라마에서 주목받는 여성 주인공들은 대개 강하고 주도적이잖아요. 감옥에 갇히면 그 문을 깨부수고 나올 만큼 능동적인 인물들이 각광받는 시대죠. 그런데 아리아는 그와 정반대예요. 특별한 능력을 타고나긴 했지만 정작 스스로를 지킬 힘은 없어요. 사실 시대 흐름에는 맞지 않죠. 저는 아리아를 통해 약자가 마주해야만 하는 현실의 벽을 더 명확히 보여주고 싶었어요. 그래서 '약자가 도움을 요청할 때, 우리 사회는 어떻게 반응할까? 사람들은 과연 얼마나 이타적일 수 있을까? 우리는 정말 누군가를 돕고 있을까?' 이런 질문들을 던지게 된 거죠.

독자들이 작품에서 놓치지 않았으면 하는 핵심이 있다면요.

제 책에는 상징적인 요소들이 많이 나와요. 아리아라는 캐릭터부터 은방울꽃, 붉은 마법사에 각각의 의미를 담았죠. 단순히 이야기의 흐름만 따라가기보다는 그 안에 숨겨진 상징성을 찾아 보셨으면 해요. 그렇다고 딱 정해진 해석을 찾기보다는, 자유롭게 사유해 보시기를 권해요. 또, 정치와 권력에 대한 고찰, 삶에 대한 고민들도 녹아 있으니 그런 메시지들도 함께 봐주시면 좋겠어요.

아리아의 두 가지 엔딩을 가르는 요인은 무엇이었을까요?
새드엔딩에서 아리아에게 리바이는 단순한 사랑의 대상이 아니라 희망을 상징해요. 누군가 자신을 구해줄 거라는 믿음, 이 상황에서 벗어날 수 있다는 희망을 리바이를 통해 붙잡고 있었던 거죠. 우리 인생도 얼마나 팍팍한가요. 그럼에도 불구하고 살아가는 건 희망이 있기 때문이에요. 사람이 무기력해지고, 스스로 인생을 포기하게 되는 건 그 어떤 희망도 발견할 수 없을 때예요. 해피와 새드를 가르는 건 '리바이'라는 희망이었죠. 삶을 계속해야 할 이유 자체가 무너져버린 거죠. 희망이 사라졌기 때문에 아리아는 '파멸'을 선택한 거예요.

아리아를 통해 우리 인생의 엔딩도 생각해볼 수 있을 것 같아요. 작가님의 삶은 어떤 방향으로 흘러가고 있나요?
해피엔딩과 새드엔딩의 중간 어딘가에 있는 것 같아요. 아직 엔딩이 난 건 아니지만, 완전히 행복하거나 완전히 불행하지도 않은 상태죠. 사실 누구나 그렇지 않을까요? 세상에 나쁜 일만 계속되는 인생도 없고, 좋은 일만 있는 인생도 없잖아요. 해피엔딩과 새드엔딩을 세트로 묶어 출판한 이유이기도 하고요.

작가님에게 '행복'은 어떤 의미인가요?

내가 무엇을 좋아하고 싫어하는지 알고, 원하는 것에 솔직할 수 있는 게 행복이라고 생각해요. 사랑, 돈, 일이나 취미 등 사람마다 행복의 기준은 다 다르죠. 다른 사람이나 상황에 이리저리 휘둘리지 않으려면 내가 정말 어떤 사람인지, 무엇을 원하는지를 알아야 해요. 그리고 그걸 쫓아서 살아갈 수 있는 용기가 필요하죠. 결국, 자신에게 솔직해질 때 진짜 행복해질 수 있어요.

일러스트를 통해 표현하고자 했던 것은 무엇이었나요?

제 책에 상징적인 요소가 많다 보니, 그런 분위기를 담아낼 수 있는 일러스트를 함께 수록하고 싶었어요. 샤갈의 작품에서 영감을 받았죠. 초현실주의 작가들이 지닌 자유로운 사고와 표현 방식이 제 책과 잘 어우러진다고 생각했거든요.

작가님이 추천하는 어른들을 위한 동화가 있을까요?

저는 고전 동화를 현대적인 시각으로 다시 읽어보시기를 추천해요. 단순하고 뻔한 플롯과 클리셰가 많지만, 요즘 시대에 맞춰 다르게 분석하고 해석하는 재미가 있어요. 예를 들어 어릴 때는 '신데렐라'를 착한 주인공이 고난을 겪다가 행복해지는 이야기로 받아들였어요. 그런데 지금 보니까, 신데렐라가 너무 자기주장이 약한 거예요. '왜 자기 권리를 주장하지 못했을까?' 하는 질문을 품고 보면 새로운 해석이 가능해져요. 고전 이야기를 시대에 맞춰 비틀어보는 과정 자체가 흥미로운 것 같아요.

힘든 시기를 겪고 있는 독자들에게 한 말씀해 주신다면.

자신만의 희망을 꼭 찾으셨으면 좋겠어요. 인생이 원하는 대로만 흘러가지 않잖아요. 외부에서 받는 상처와 폭언도 너무 많고요. 저도 살아오면서 힘든 순간들이 꽤 여러 번 있었어요. 어린 나이에 사기를 당할 뻔한 적도 있고, 다른 사람의 빚을 제가 뒤집어쓸 뻔한 적도 있었죠. 그런데 다행히도 그 고비들을 순간순간 잘 넘겨왔어요. 저는 보이지 않는 무언가가 우리 모두를 지켜주고 있다고 믿거든요. 그러니 포기하지 마세요. 자신만의 희망을 붙잡고 있으면 앞으로 나아갈 힘이 생길 거예요.

아리아 2권
다시 세계의 끝으로

발행일 2025년 3월 31일

지은이 임유주
펴낸이 마형민
기획 최지민 김예은
편집 곽하늘 이은주 최지민 김현우
디자인 김안석 조도윤 표진아
펴낸곳 주식회사 페스트북
홈페이지 festbook.co.kr
편집부 경기도 안양시 동안구 관악대로 488
씨앗트 스튜디오 경기도 안양시 동안구 안양판교로 20

© 임유주 2025

ISBN 979-11-6929-750-9 04810
값 16,000원

* 이 책은 저작권법에 의해 보호를 받는 저작물이므로 무단 전재와 무단 복제를 금합니다.
* 페스트북은 작가중심주의를 고수합니다. 누구나 인생의 새로운 챕터를 쓰도록 돕습니다. creative@festbook.co.kr로 자신만의 목소리를 보내주세요.